푸른사상
시선

59

사람이나 꽃이나

채 상 근 시집

푸른사상 시선 59

사람이나 꽃이나

인쇄 · 2015년 10월 20일 | 발행 · 2015년 10월 25일

지은이 · 채상근
펴낸이 · 한봉숙
펴낸곳 · 푸른사상
주간 · 맹문재 | 편집 · 지순이 | 교정 · 김수란

등록 · 1999년 7월 8일 제2-2876호
주소 · 서울시 중구 충무로 29(초동) 아시아미디어타워 502호
대표전화 · 02) 2268-8706(7) | 팩시밀리 · 02) 2268-8708
이메일 · prun21c@hanmail.net / prunsasang@naver.com
홈페이지 · http://www.prun21c.com

ⓒ 채상근, 2015

ISBN 979-11-308-0570-2 04810
ISBN 978-89-5640-765-4 04810 (세트)

값 8,000원

사람이나 꽃이나

시집을 들고 다니거나
시를 읽는 사람들을 찾아보기도 힘든 시절에
어쭙잖게 세 번째 시집을 묶는다.
세월에 무뎌진 칼을 들고
자기 칼날이 무딘 줄도 모르고
시와 시인의 현실에 대해 궁시렁거리며
칼질을 하는 글이 여러 편 보인다.

시의 진정한 속살 맛을
느낄 수 있으려면
아직 멀었다.

말하고 싶지만 말 못하고
맨가슴으로 방사선 작업을 하는
상처 입은 원자력 발전소 노동자들에게
합당한 보상과 건강한 미래가 있기를 바란다.
정부는 국가는 그들에게 무엇을 하고 있는지
묻고 싶다.

2015년 10월
채상근

| 차례 |

| 차례 |

제3부

제1부

시

마음을 태운
새까만 숯

누군가의 마음
데우고 싶다

나비

푸른 봄을 기다리는 늦겨울
그윽이 눈 내리는 풍경 속
나비 한 마리 춤추듯
공중을 사뿐사뿐 밟아가며
차가운 세상에 내려앉는다

나비가 눈이 되는 그지없는 세월

눈은 다시 하얀 나비가 되어
먼 세월로 날아가고
한 생애 산 흔적도 없이
세상을 향해 손짓하며 날아가는
무명의 흰 날개들

온 세상 나비 나비 나비

거울

누군가에게 상처를 주면

그 상처의 흔적은

늘 나를 바라보고 서 있다

급정거 풍경

햇살들은 그림자가 되어
의자를 찾아 자리에 앉는다

한낮의 시내버스 승객들처럼
졸고 있는 빈 의자들

햇살들조차
방심했던 급정거

닫힌 창문들은
바깥 풍경을 흔들었고
그림자들은 기우뚱거렸고
손잡이들은 같은 방향으로
일제히 흔들렸다

빈 버스 안이
어수선하다

잠자는 시

활자들이
종이 위에 누워 자빠져서
흔들어 깨워도 일어나지 못하고
이불을 뒤집어쓰고
자고 있다

이런 잠자는 글을
시라고 쓰는 나도
참

잠이나 자면서
꿈이나 꿀걸

못대가리

넙디디한 못대가리 하나
기우뚱 한쪽으로 기울어진 채
살아가는 나를 받치고 있다

내 몸에
언제부터 들어와 살고 있었는지
어디서 왔는지는 모르지만
내 중심에 콱 박혀
흔들리며 살아가는 나를 받쳐주고 있다

잘못된 세상 때문에 화딱지가 나거나
울화가 치밀어 오르는 날은
못대가리가 삐죽삐죽 올라온다
그런 날은 무거운 현실을 꺼내
못대가리를 힘껏 내리쳐보지만
그놈은 자꾸만 올라온다

이제는 함부로 잡아 뺄 수도 없는
내 영혼의 받침대

도끼

화가 머리끝까지 치밀어
그놈의 뻔뻔한 문어 대가리를 찍으려고
도끼를 들고 막 설치다
슬쩍 내려놓은 적이 있다

내 손에 들려 있던 도낏자루가
넌 독기가 없어!
얼른 도끼를 내려놓으라고!
호통을 쳐대던 생각이 난다

사고를 칠까 봐 걱정이 되었던
도낏자루가 내 눈빛을 보고
녹이 슬어가고 있던 내 독기를
눈치챘었는가 보다

뒷간에 처박혀 녹이 슬어도
도끼는 독기를 함부로 드러내지 않는다
도끼는 독기를 가진 놈에게만
도끼가 되어 자루를 맡긴다

원고료

시를 쓰면
한 편당 오만 원씩 주겠다는
후원자가 나왔다
이게 무슨 횡재인가

나이 쉰이 넘어가도록
시를 써서 받아본 원고료라고는
손가락으로 꼽을 정도인데
"원고료는 사정상 드릴 수 없습니다."
그래도 발표만 해준다면
좋다 하고 사나흘을 고민해서 보내본다
작품집 제작비를 온라인으로
함께 보내달라는 경우도 있다

이렇게 한심스러운 시인을
지켜보던 아내가
시를 쓰면 원고료를 주겠단다
시를 쓰며 살다가는

밥 빌어먹기도 힘든 세상

시인을 알아보는 건 마누라뿐인가

삼겹살에 소주처럼

따듯따듯 익어가는 삼겹살
네댓 명 불판 옆에 둘러앉아
엎치락뒤치락 뒤집어가며
소주 한 잔 곁들여 걸치다 보면
사람 사는 이야기에 얼큰해지고

인생살이 힘들어서 못살겠다는 인생살
안줏감으로 돌아가며 씹어대는 정치살
사람마다 품고 사는 가슴 시린 가족살
소주잔이 몇 순배 돌고 돌다 보면
빈 소주병처럼 투명해지는 사람들

인생살이 어렵고 힘들어도
사람 사는 게 다 똑같다며
찬 소주잔을 맞부딪치는 사람들
따듯따듯 익어가는 삼겹살에
또 하루 가슴을 주거니 받거니

거절 못함에 대하여

늦은 밤 자려고 이불 펴는데
술자리로 나오라는 전화 거절하면
밤새도록 술 퍼먹는 꿈을 꾼다
새벽 세 시쯤 술 취해 횡설수설하는
친구 전화 무시해버리면
밤을 꼬박 새워버리기 일쑤다

술에 취하면 그리움이 커지고
그리움이 한 잔 더해지면
그리운 이의 목소리가
술안주가 되는 거겠지

주섬주섬 차려입고 나가는
등 뒤에 대고
아내가 중얼거린다

거절당하는 것보다
거절 못하는 지금이 그래도 낫겠지

빈대떡

왜 하필 빈대떡이야
빈대떡 주점 앞을 지날 때마다
빈대떡 신사 노래가 생각난다

돈 없으면 집에 가서 빈대떡이나 부쳐 먹지

그래 돈 없는 놈들이나 먹는 거다 이거지
없는 놈들은 집에 우글우글거리는
빈대를 잔뜩 잡아서 떡이나 해먹어라 이거지

ㅎㅎㅎ 우습다 우스워

빈대떡 주점에 앉아 술을 마시다가
안줏감 빈대떡을 이리저리 찢어가며
이놈이 왜 하필 빈대떡이 되었을까
하는 생각을 빨아 먹어본다

장호항

뱃사나이들
밤새 그물을 끌어올리고
기다림에 지친 아내 같은 항구를
찾아 들어온다

저 고깃배들
팔 벌린 항구를
얼마나 그리워했으면
바퀴가 다 닳아 없어졌을까

나 얼마나
그대를 더 그리워해야
그대를 그리워했었다고
말할 수 있을까

코엑스몰에서

지하로 내려가는 코엑스몰
에스컬레이터에서 나는 긴장한다
온몸에서 습기가 빠져나가
비틀거리는 내 작은 영혼들
서울 강남구 삼성동 지하 코엑스몰
낯선 자본의 이름들이 나를 기다린다
에반스 반디앤루니스 벅스 링코
버거킹 마르쉐 메가박스 아쿠아리움
공장에서 찍어낸 플라스틱 풀들이 숨을 쉬는
돈 냄새 풀풀 풍기는 자본의 지하 굴
온라인 게임 속 풍경 같은 호수길
숲이 보이지 않는 대리석 수풀길
강물이 흐르지 않는 강변길
막다른 골목에서 부딪히는 감성들
돈맛을 아는 영혼의 대가리에 전달되는
아아 여기는 자본이 지배하는 왕국
지상으로 빠져나오는 출구는 어디인가
자본을 싣고 올라가는 에스컬레이터 위에서
나는 삐거덕거린다

시 판 돈

잘 팔리는 시가 있다구
맨날 똑같은 사랑 타령 시 말구
배배 꼬고 비틀어서 도대체 무슨 말인지
이해가 잘 안 되는 시
너무 쉬운 시는 잘 안 팔린다네

시는 은유적이어야 한다며
기획사에 잘생긴 아이돌들처럼
자르고 다듬고 수술한 시들은 많은데
그놈이 그놈 같아서 그런지
시집이 징그럽게 안 팔려서
출판사들이 죽을 맛이라네

시인들이 한 달에 한 편씩 써서
시장에 내다 팔면 어떻게 되겠나
시 판 돈으로 먹고살기 힘들겠지
돈 받고 판 시가 밥이 되겠나
그래도 시인들은
밤을 새워 피 같은 시를 쓴다네

서울 독백

촌놈이 서울 생활 십 년에
얻은 거라곤 독해진 것뿐이야
때도 없이 몸뚱이에 부어 넣고 돌리는
봉다리 커피도 이제는 싱거우니 말이야
소주 서너 잔만 마셔도 졸던 놈이
한 병을 마셔도 말똥말똥하고
아 소리만 나와도 밤사이 억억 올라가던
고층 아파트 몸값에도 흔들리지 않으니
점점 독한 놈이 돼가나 보네

아니야 너는 독해진 게 아니야
아주 둔해진 거야
독해질 리가 없어
둔해진 거지

둔해지는 것도 모르는 독한 놈이나
독해지는 것도 모르는 둔한 놈이나
그놈이 그놈이지

사람이나 꽃이나

저 꽃들을 봐라
잠깐 왔다 가는 사람들처럼
살아가는 모습은 다 한가지다

저 꽃들
서로에게 꽃이 되고
바람이 불면 같이 흔들리고
비가 내리면 젖을 줄 알고
꽃잎 떨어지면 씨를 뿌리듯
저 사람들
한세상 태어나
가파른 언덕에서 뿌리를 내리고
이름 없는 꽃처럼 살다가
사람꽃을 피우는

저 사람들을 봐라
잠깐 피었다 지는 꽃들처럼
살아가는 모습은 다 한가지다

청탁받는 시인

그는 청탁을 받고 글을 쓴다
원고 청탁서가 메일로 날아오고
이어지는 편집장의 전화에
청탁을 시인해버리면
그는 돈을 받고 글을 쓰는
청탁받는 시인이 돼버린다

마감 일자가 다가오면
감옥에 갇히는 청탁받은 시인
작업실 모니터 옆에서
귀하의 옥고를 싣고자 한다는
원고 청탁서들이 집게에 묶인 채
그를 감시하고 있다

감옥에 갇히는 옥고도 없이
청탁서도 없이 시를 쓴다 나는
먼지만 쌓여가는 원고들이
나를 피고인으로 고소를 할지도 모른다

원고 청탁도 받지 못하면서

깨끗한 시인인 척한다고

마재 고갯길을 넘으며

어머니, 당신이 무척 보고 싶습니다
깊은 산골짜기를 돌고 돌아온 북한강
힘든 세월을 넘어 역사를 살아온 남한강
두 강 합쳐진 두물머리 강물이 얼어붙는 한겨울
다산이 유배 살다 돌아와 묻힌 마재 고갯길로
하얀 눈이 하염없이 내립니다
마을 앞까지 구부정한 허리로 마중을 나오시던
어머니, 당신을 생각하면 눈물이 고입니다
조선의 시를 가슴으로 노래하던 청년 다산이
긴 겨우내 새봄을 기다리는 마음으로
언 강둑길을 조심스럽게 걷고 있습니다

삼팔이 아줌마라고 불리셨던 어머니
어린 자식을 품에 안고 죽을 고비를 넘기며
밤새 넘으시던 삼팔선 그 그믐날 밤에도
부질없이 하얀 눈이 내렸다지요
일제강점기 나이 열여덟에 시집 오셔서
오십여 년을 이산과 가난의 세월로 살다 가신

어머니, 당신을 생각하면 가슴이 저려옵니다
한반도에 온밤 지새도록 눈이 쌓여서
그대로 통일의 아침을 맞이하면 좋으련만
어머니, 새봄을 기다릴 여유도 없이
다시 거세게 찬바람이 불고 있습니다

제2부

오뚝이 인생

쓰러지고 싶어
아무리 애를 써도
좌우로 흔들리다가
다시 똑바로 서야 하는 팔자
누가 나를 힘껏 밀어도
뒤로 앞으로 한 번씩 자빠졌다가
앞뒤로 흔들리기만 하고
다시 똑바로 서버리는 인생
앞으로 뒤로 좌로 우로
세상이 나를 아무리 흔들어도
온 세상이 다 무너져 쓰러져도
나는 쓰러질 수 없어
오뚝이 인생이니까

짜릿짜릿한 시

대한민국 대 일본의 축구 시합처럼
대한민국 대 미국의 야구 시합처럼
짜릿한 역전의 맛보다 더 짜릿짜릿한
감전되면 꼼짝 못하는 전기처럼
짜릿짜릿한 시 한 편 보냅니다

오늘도 수차발전기를 돌리며
당신에게 보낼 시 한 편을 생각하다가
십오만 사천 볼트를 송전하는 고전압에
우우웅거리며 온몸으로 울어대는 변압기 앞에서
짜리짜리한 연애보다 더 떨리는
짜릿한 시를 씁니다

지금 당신이 읽는 이 시는
수십 미터 아래로 떨어지는
수백 톤의 물로 수차발전기를 돌려서 만든
짜릿짜릿한 글입니다
이 글로 마음에 환한 불이 켜지고

세상만사 시름을 조금 덜어낼 수 있다면

당신과 나는 짜릿하게 감전된 것입니다

단풍 풍경

단풍 들려면 아직 멀었는데

울긋불긋 옷 차려입고

버스 정류장에 모여

단풍 되어 떠나는 사람들

산보다 먼저 단풍 든 사람들

시를 읽다가

산중에 피어 있는
꽃을 만나는 순간
허리를 숙이면
그 꽃이 바로
내 눈으로 가슴속으로 들어와
꽃이 되는 찰나처럼
시를 읽는 순간
꽃봉오리 같은 가슴
확 피어나는
시를 만나고 싶다

마른 꽃에 대하여

시들지 못하고 미라가 된 꽃
웃음 띤 그대로 말라버린 마른 꽃
당신의 검은 꽃병에 물을 주고 싶다

젊은 향기가 있던 그때 그 시절들
아침이슬에 젖는 시절로 돌아가고 싶다

빈 가슴속으로 바스락거리는 슬픔들
만지면 부스러져버리는 붉은 꽃잎들
이제는 서로 부둥켜안을 수도 없다

당신 곁으로 내려앉는 저 나비들

갈남리

푸른 미역들 춤추고
아침을 준비하는 돌섬들마다
싱푸른 향 가득하다

사람으로 사는 것에 찌든
푸른 꿈을 꾸고 싶은 그대
갈남으로 오라

하룻밤 몸뚱이 푹 담갔다 가라
돌아가는 가슴 가득
싱푸른 향 짙게 묻어나리라

새와 사내

비에 날갯죽지가 젖는
새 한 마리
젖은 날개를 털어내고 있다

나와 눈이 마주친

새는
비에 젖은 날개로
어디로 날아가는 것일까

방금 나와 눈이 마주친

그 사내는
무슨 생각을 하고 있을까

노동자의 날 아침

식구들 모두 문을 잠그고
각자 일터로 배움터로 떠나고
새장 같은 빈집을 홀로 지키는
노동자의 날 아침

어린 나이에 시작한 노동자의 길
식구들 밥벌이에 자본에 길들어져
새장 속에 갇혀버린 늙은 새 한 마리
창공을 날아가는 꿈도 잃어버린
한 번도 제대로 펴보지 못한 날개를
깃털마저 빠져 퇴화된 날갯죽지를
만지작거리다 창밖을 바라본다

하늘로 날아오르는 새 떼들
얼마나 더 날개를 접고 있어야
저 새들처럼 자유의 몸으로
날아갈 수 있을까

늙어가는 그대에게

나이 쉰이 넘어가면서
거울을 보면
거울 속의 그대에게
자꾸만 욕하고 싶다

서른엔 직장을 때려치우고 글만 쓸 거야
마흔이 되면 직장에 사표를 던지고
영화배우에 도전할 거야
나이 쉰이 되면 명예퇴직을 하고
바닷가에서 조그만 카페를 할 거야

세월에 속았다고
그대에게 욕하지는 못했지만
나무들처럼 배반과 욕을 모르고
제자리에서 천천히
늙어가고 싶다

자식과 시

머리 커가는 자식을 키우는 것이
살면서 점점 어렵고 갈팡질팡이다
시 쓴다고 이리저리 부닥치며 살아온 지
삼십 년 세월이 넘어가는데
이처럼 힘들고 아프지는 않았다
자식 키우는 게
시 쓰기에 비할 바는 아니겠지

생각대로 잘 써지는 시가 있었는가
시를 자식처럼 생각하지 않은 적이 있었는가
자식 같은 시를 쓰고 싶지 않은 시인이 있겠는가

시가 뭔지 자식이 뭔지
시는 점점 더 말 안 듣는 자식들을 닮아가고
자식들은 커갈수록 나를 닮아간다
시 잘 쓰겠다고 욕심 부리지 말자
자식들에게 욕심을 보이지 말자
내놓고 자랑할 만하지는 않아도
내 자식 같은 시를 쓰는 것이 좋다

개꿈

꿈자리가 뒤숭숭한 겨울 아침
차라리 개꿈이라면 좋겠네

마담이 던져주는 고깃덩어리를 덥석 물고는
놓치지 않으려고 발버둥치다가 꿈에서 깨어나
코를 벌렁거리면서 밥을 찾아 낑낑거리며
세상을 온통 개 밥그릇처럼 생각하는
개가 꾸는 꿈이라면 좋겠네

따스한 아랫목이 그리운 겨울 저녁
차라리 개꿈이라면 좋겠네

부잣집 동네에 살던 애완견들이 모여
밥그릇을 장악한다는 음모를 꾸미다가 꿈에서 깨어나
개판인지 인간 세상인지 구분을 못해 컹컹거리며
사람들을 온통 개새끼들처럼 생각하는
애완견들이 꾸는 개꿈이라면 좋겠네

푸른 새순이 돋아나는 봄날 아침
차라리 개꿈으로 끝나면 좋겠네

사육당하던 똥개들과 부잣집 애완견들이 모여
골목길과 밥그릇을 점령하고 인간들을 감시하고
사람들이 모이는 곳마다 에워싸고 으르렁거리며
세상을 온통 개판으로 만들어버린다는
개꿈으로 끝나는 꿈이었으면 좋겠네

안개주의보

지난주에 이어
이번 주도 안개주의보를 전합니다
어제처럼 안개 속에서 헤매는 단풍나무들은
더욱 많아질 것으로 예상됩니다
점차적으로 안개는 소리 없이 다가와
강물도 하늘도 모두 삼켜버릴 것이라고
기상 전문가들은 하나같이 내다보고 있습니다
또한 이번 안개로 길을 잃거나
집을 못 찾는 사람들도 많아져
방황하는 이들이 늘어날 것으로 전망됩니다

정치판도 안개 속에서 당분간 지속되겠습니다
안개 걷히면 또 뻔뻔하고 더러운
동서남북 사방이 불어닥칠 것이 확실시됩니다
특히 이번 안개는 색안경을 쓴 사람들을
강타할 것으로 예상되니
안개 주간 정신 똑바로 차리고
색안경을 벗고 세상을 봐야겠습니다

안개 주간에는 술을 주의하시고
외출시 냉정을 챙기시기 바랍니다
안개는 당분간 안 갤 것이 분명합니다

무심

거칠게 눈발이 날린다
빈 나무 가지마다 눈은 쌓이고
우두커니 바라보는 세상이 무겁다

마음을 스치듯 날아오는
저 눈발은 점점 굵어지고
눈길에 파묻히는 지나온 세월들
돌아가야 할 길이 보이지 않는다

떠나간 청춘은 어디로 갔는가
흔적도 없이 사라지는
저기 저 산기슭의 무덤들
삶과 죽음의 경계는 어디인가

눈 내리는 세월은 무심하다
그대가 살아온 세월이
또 청춘이 무엇이란 말인가

숙직을 하며 쓰는 시

숙직실 밖에서 만나는 별들도
밤을 지새우며 함께 발전소를 지킨다
그대에게 보낼 애틋한 그리움을 담은
사랑의 연시를 밤새도록 써내듯
윙윙거리며 돌아가는 수차발전기는
따뜻한 전기를 만들어 보낸다

숙직을 하며 사람이 그리워지는 밤
수차발전기 옆에서 시를 쓴다
누군가가 읽을지는 모르지만
수차가 만들어 보내는 전기처럼
그대의 늦은 귀갓길에 등대가 된다면
숙직을 하며 쓰는 시는 외롭지 않다

전문 배우

그는 오늘도 무대로 나간다
술집에서 시작된 늦은 오후가
밤늦도록 이어지는 술판 무대
가슴 시리도록 별은 푸르고
그는 집으로 돌아가고 싶다
밤이 새도록 취한 채 비틀거리고
씹히는 대사에 맞지 않는 엇박자로
흔들리며 노래를 부르는 그는
오늘도 무대 같은 세상을 산다

멀쩡히 뜨거운 가슴으로 살다가도
밤이면 비틀거리는 취객이 되어
매일 저녁 무대로 나가야 한다
정치가 문화를 엎어버리고
문화가 경제에 비틀거리고
미디어가 쓰리고를 흔들어대는
무대에 서면 하나도 틀림없이
온몸으로 비틀거리는
그는 취객 전문 배우다

쉼표처럼

하루가 깊어가는 저녁 무렵
전쟁 같은 하루를 치르고
쳇바퀴 돌듯 일터를 오고 간
바쁜 일상들을 묶어두고
물결 잔잔해져가는 호숫가에
고즈넉해지는 저녁 바닷가에
닻을 내린 텅 빈 배가 되어
쉼표처럼 쉬어가고 싶다

어머니의 보따리

보따리를 또 풀었다
통일 되면 가지고 가신다고 꾸려놓고
돌아가신 어머니 선물 보따리
이북에 계신 그리운 오빠들에게 남기신
보고 싶어서 눈물로 꾹꾹 눌러쓴 편지들
수천 번도 더 그린 연백 고향 마을 지도
황해도 연백군 금산면 은산리 59번지
어머니 고향에 대한 그리움의 보따리
통일의 그날을 기다리고 기다리다
반세기가 훌쩍 지나버린
꽁꽁 싸맨 보따리를 다시 풀어본다
병원에 누워 계실 적 어머니는
어젯밤 꿈속에서 고향에 다녀왔다면서
막내아들인 내게 눈물로 말하고
오빠들에게 쓴 편지들을 모아
통일이 되면 가져갈 선물 보따리를 꾸리고
빈 종이에 찾아가기 쉽게 약도를 그리셨다
당신이 못 가시면 내가 꼭 가야 한다고

내 손에 쥐어준 어머니 보따리
이제는 꿈속에도 잘 안 나타나시는
어머니는 벌써 고향에 가셨으리라
풀었던 보따리 다시 꽁꽁 싸맨다

아파트 팔자

엘리베이터 고장 나서
고층 아파트 계단 걸어서 올라가 봤나
이십 층 걸어서 올라가 봐라
환장한다
환장해서 다리가 후들거려
집 앞에 도착해서 헥헥거리며 전사처럼
문 문 문 하다가 쓰러진다 쓰러져

도대체 아파트 설계한 놈은
어떻게 집을 차곡차곡 쌓을 생각을 했을까
앞집 옆집 윗집 아랫집
위아래 집들은 무슨 업보가 있기에
자기 집 위에 똑같은 집을 머리에
머리에 이고 살아가는 것일까

수십 수백 계단을 오르내리는
고행의 골목길 동네에 사는
아파트 팔자여

만두 속 같은 엘리베이터 통 속의

긴장된 인간들이여

터졌습니다

드디어 터졌습니다
한 방 터뜨렸습니다
대박이 터졌습니다
멋지게 한 골 터뜨렸습니다
박지성 선수가 한 골 터뜨렸습니다
기다리던 골이 드디어 터졌습니다
추신수가 한 방 멋지게 날렸습니다
이승엽이 홈런을 쏘아 올렸습니다
텔레비전에서 터져 나오는 스포츠 중계
왜 이렇게 우린 터지고 터뜨리고
한 방 날리는 걸 좋아하는지
흥분제 같은 프리미어리거 메이저리거
자극제가 되어 온 나라가 떠들썩하다
남쪽에서 전해오는 봄소식
개나리 진달래 꽃망울이 터졌습니다
꽃도 빵 터져야 되는 세상
개그도 웃음이 빵 빵 터져야
개그맨이 밥 먹고 사는 세상

횡재 대박이 빵 빵 터져서
온 나라가 흥분에 빠져 취해버리게
빵 빵 터져라 터져

어 어 원자력 발전소가 터졌습니다
지구 한 귀퉁이가 터졌습니다
이를 어쩝니까

제3부

방사능에 오염된 시

여기서는 공기 공급 호흡기를 착용하라

가슴 부위와 성기는 납 차폐복을 착용하여

우리를 죽이는 방사선을 방호하라

방사선 준위가 높은 작업장에서는

절대로 말을 꺼내놓지 마라

할당받은 시간 동안만 작업을 하고

미련일랑 두지 말고

빨리 작업장을 떠나라

방사선 감시 측정기에서 경고 알람이 울리면

납 차폐벽을 설치하고 콘크리트 문을 닫고

방사선 고준위 경고판을 부착하라

다음 작업자는

작업 예행연습을 철저히 하고

방사선 방호에 만반의 준비를 하라

작업 후에 방사능에 오염된 시(詩)가 나오거든

오염 확산의 우려가 예상되는 경우

절대로 발표를 금지시키고

방사성 폐기물 처리법에 따라

절차서대로 처리하라

방사능 시대 · 1985

두꺼운 콘크리트 벽으로 둘러싸인
원자로 건물 안에는
방사능에 오염되어 방사 분해된
밖으로 나갈 수 없는 쉰 공기들뿐
뜨거운 태양빛 아래서
홀가분한 옷으로 몸을 대충 가리고
챙 달린 모자를 쓰고
가을로 가던 가벼운 걸음을
잊지 못하게 한다

　　여기서부터는 방사선 관리 구역입니다
　　방사선 구역 출입 허가서를 제출하시오

돌아가고 싶다
부도덕한 과학자들의 불결한 머리에서
신의 핵 덩어리가 쪼개지기 전의

그 방으로

  방사선 방호복을 입고 들어가시오

  신발 덮개를 신고 들어가시오

호박꽃 피어날 수 있을까

여기는 어디인가
방사선 작업 허가서를 받고 들어온 원자로 건물
방사능에 오염되어 쓰다 버린
노란 일회용 방사선 방호용품들이
태양빛에 늘어진 호박꽃처럼 여기저기 버려진
여기는 걸리버의 나라
핵폐기물들 가득한 나라
나는 이제 어디로 발 디디고
나갈 수 있는 것일까

여기는 어디인가
벌레 한 마리 볼 수 없는 원자로 건물
덩치 커다란 원자로 설비들 옆에서 작업하는
노란 소인국 사람들 북적대고
이곳에서 꽃 한 송이 피워볼까
작업복 주머니에 몰래 갖고 들어온 호박씨
해바라기만 한 호박꽃이라도 피어날 수 있을까
방사능 꽃을 피우는 원자로 옆에서
따뜻한 핵의 봄날 같은 겨울에

방사선 구역 출입 금지자

이 형은 방사선 구역 출입 금지자다

방사선을 허용 기준치 이상 두들겨 맞았다는 이유로

일터로 되돌아갈 수 없다

저번에도 방사선을 과피폭당했다는

방사선 방호 수칙을 위반했다는 정당한 이유로

방사선 구역 출입을 여러 번 금지당했었다

이 형은 늘 자신에게 맡겨진 일이라면

방사선 피폭 허용선량 같은 것은

안중에도 없는 터였다

방사선 구역 출입 금지자로 통보를 받은 이 형은

원자력 발전소 노동자로 십여 년을 살아낸 이 형은

곧 방사선 과피폭 증세로

머리카락을 잃어버릴지는 몰라도

죽어, 방사성 폐기물 처리장에 묻힐지는 몰라도

퇴근 후 술집에선 출입 금지당하지 않고

가장 환영받는 단골손님이다

방사능 시대 · 1986

1986년 4월 26일 새벽 1시 23분 58초
체르노빌 원전 4호기 폭발

붉은 옷을 입은 소방관들은
사명감으로 소방 호스를 메고 달려가고
갑자기 작전에 투입된 젊은 군인들은
소련의 아들 빛나는 영웅이 되고
멀리서 폭발하는 불빛을 바라보다가
영문도 모른 채 버스에 실려 키예프로
또 다른 낯선 도시로 흩어진
원전 계획도시 프리피야트 시민들은
다시 고향으로 돌아갈 수 없다

저녁 봄바람은 천천히 불고 있었고
방사능에 오염된 벨라루스 공화국은
오백여 개의 마을을 잃었다
술집마다 보드카는 동이 났다

소련 관영 타스통신은 2명 사망 보도

유피아이 로이터 연합은 2천 명 사망

사망자들은 핵폐기물을 매장하는

피로고프 마을에 묻혔다

검문당하는 피폭 이력자

그는 원자력 발전소 방사선 피폭 이력자다
방사선 피폭 이력은
그를 핵폐기물 포장하듯
조용하게 진행된다
수십 년 수백 년 걸릴지도 모르는
끈질긴 수명을 가진 방사성 핵종들이
피폭 이력자인 그를 데리고 다닌다

그 먼 나라에서는
주민증 전자카드에 방사선 피폭 이력이 기록되고
여행할 때마다 검문당하는 그는
아름다운 고향으로 들어갈 수 없다
방사선 피폭 이력에 가로막혀
들어갈 수 없다

방사선 피폭 이력자인 그는
걸어다니는 물렁한 살덩이 방사성 물질이다
그렇다고 그의 몸뚱이 압축하여

방사선 피폭 이력과 함께

핵폐기물 저장 드럼통에

처넣지 마라!

방사능 시대 · 1992

이 방은 오염된 공기들이
떠나지 못한 원혼들처럼 흔들리는 방
저 방은 방사능 물질들이 지나가는
파이프와 기계들이 해골들처럼 누워 있는 방

핵분열이 일어나고 있는 원자로 옆
숨죽여 쏜살같이 지나가다
제 그림자마저 잃어버린다
숨이 막혀온다
답답할 뿐이다
손짓으로 보내고 받는 수화들마저
보이지 않는 방사선에 흔들린다
갑자기 파이프 파열 사고라도 터진다면
방사능 물질들이 온 몸뚱이를……
보이지 않는 방사선과
노동자들의 목 멘 다급한 소리들이
뒤엉키어 원자로 건물 벽을
두드리며 들려온다
띠 – 띠 – 띠 –

방사능 시대 · 1995

관광버스와 수학여행단은
원자력 전시관 앞에서 기웃거리지 않아도
대환영과 융숭한 대접을 받는다
그들의 품에 안겨주는
원자력 발전소 홍보용 책자와 방문 기념품들은
그들이 두려워하던 핵폭탄과 원자력 발전소에 대한
의문과 질문을 가로막기에 충분하다
원자력 발전소만 잘 돌려주면
깨끗한 에너지 원자력과 함께
평생을 안심하고 살 수 있으리라는
따뜻한 기대와 희망을 가득 싣고
씽 씽 돌아들 간다

여기선 침묵이 최선의 방호다
에어록은 슬그머니 열리고
작업 조원들을 맞이하는
방사능에 오염되어 방사 분해된
쉰 공기들

노란 쥐들

그는 밤마다 꿈속에서 만난다는
득실거리는 노란 쥐들과
이불 속에서 같이 잠을 잔다
자식 농사를 이미 끝낸 그는
원자력 발전소 핵폐기물 처리원이다

여기저기 방사선 구역에서
피 묻은 생리대처럼 쏟아져 나오는
핵폐기물들을 처리하기 위해
방사선 구역 구석구석을 돌아다니며
노동자들이 사용하다 방사능에 오염되어
고개를 돌리며 내팽개치듯 던져버린
노란 비닐봉지에 담긴
방사능 오염 물질들을 수거하는 것이
그가 하는 일이다

원자력 발전소에서는
노란 방사선 방호복을 차려입은

노란 쥐들이 구석구석을 돌아다니며

핵폐기물들을 처리하며 살고 있었노라고

역사는 진실로 그렇게 말할 수 있을까

어젯밤엔

핵폐기물들을 갉아 먹던 노란 쥐들이

노란 털이 모두 빠져버리는 꿈을 꿨다는 그를

핵폐기물 비닐봉지를 끌어안고

쥐구멍 같은 에어록을 빠져나오는 그를

만나는 불안한 날들이여

방사능 시대 · 1996

원자로 똥구녕을 쑤시러
고방사선 작업에 투입되었던 작업자가
방사능과 땀으로 범벅이 된 몸으로
허겁지겁 뛰쳐나왔다
방호용 고무장화가 땀으로 가득 차고
잠깐 동안 두들겨 맞은 방사선이
얼마나 되는지 말할 수 없다고
울먹거리며 주저앉는다
앞을 볼 수 없는 두려움으로 가득한
방사선 방호용 전면 마스크를 벗어던졌다

다음 작업자들은
줄을 서서 기다리며
아우슈비츠의 가스 대학살을
연상하지 않으려고
애써 서성거린다

방사능에 얼룩진 자들이여

방사능에 얼룩진 자들이여
겨울의 새벽은 벼랑에서 시작되고
그는 여린 밧줄의 꿈 끝에서 일어나
아침 햇살을 바라본다

그가 걸어가는 출근길이
가 닿는 곳은 어디인가
공기 공급 호흡기를 물고서도 막아낼 수 없는
방사능으로 오염된 공기 가득한 곳
걸어온 길 다시 돌아가고 싶다
오늘도 원자로 출입구에서
방사선 방호복을 갈아입고는
에어록이 열리기를 기다리며
그는 서성거린다

방사선 작업은
늘 쓸쓸하다

방사능 시대 · 2000

청춘 남녀의 애달픈 사랑인가

붉게 타오르는 빛이 보이지도 않고

페로몬 향이 나는 사랑의 냄새도 없는 것이

몸과 마음 깊숙이 파고들어

사랑하는 이의 속을 활활 태워버리고는

천년이 지나 발견된 미라에도

끝내 이루지 못한 사랑으로

고스란히 남아 있을

지독한 사랑의 흔적 같은

방사능

피폭 수당

피폭 수당 못 받은 지 오래다
방사선 피폭 보상으로 지급되던 피폭 수당
듣기에 어감이 안 좋다고
원전 노동자들 방사선 피폭량이 계산된다고
감사에 지적당했다고
월급봉투에서 사라진 지 오래다
피폭 수당 많이 받는 월급날이면
형수가 좋아했다던 김 선배는
세상 떠난 지 오래다

방사능 시대 · 2002

방사선 방호복을 입은 자들아
몸속에 흐르는 신비의 붉은 피
생의 꽃으로 피어나는 세포들
서로를 올망졸망 받치고 있는 하얀 뼈들
어느 것 하나 하찮지 않은 몸뚱이를
영혼의 촉각으로 더듬어보아라
방사선을 두들겨 맞은 자들아
우리들의 비밀은 아버지의 씨앗
그리고 어머니의 깊은 자궁
그 속에서부터 지켜져야 한다
악의 선을 뿜어내는 방사능에
인간은 아무런 방어를 할 수 없다는
사실을 깨달아야 한다

우리는 방사능 생체 실험자가 아니다!

아직은 신선한 날들

핵전쟁 핵폭풍

그날의 지구에서 마구 구부러뜨려진

산산조각난 영혼을 매만지며

눈물 흘리며

잠시 깨끗했던 영혼을

추억으로 노래하기보다는

아직은 신선한 날들이여

핵벌레들

유전학계에서는 소만 한 쥐를 만들고
쥐만 한 소를 만들더니 드디어!
방사능만 식용으로 즐겨 빨아 먹는
방사능으로부터 활동 에너지를 얻는
신기한 빨판을 가진 핵벌레를 만들었다

전 세계의 원자력 산업계는 자신만만하게
원자력 발전소를 홍보하느라 정신이 없었다
고방사선을 신나게 두들겨 맞아도
거뜬하게 살아남을 수 있는
초현대식 핵벌레는 즉시 세계 각국의
원자력 발전소로 값비싸게 팔려나갔다

그 후, 원자력 발전소 노동자들은
방사선 방호복을 벗어던지고
원자로 건물을 방사선의 두려움 없이 출입했다
노동자들이 두들겨 맞을 방사선을
원자로에 달라붙어 쪽쪽 신나게 빨아 먹는 핵벌레들

원자로 주위에 빠글빠글한

즐거운 핵벌레들

아뿔싸!

어느 날 갑자기 광폭하게 커진 핵벌레들

원자로에 타고 있는 핵 연료봉을 하나씩 뽑아 들고

원자로 콘크리트 벽을 때려 부수고 나오는데

방사능 시대 · 2006

원자력 발전소 건설에 반대했던 군의회는
예산 심의 때가 되면 시끄럽다
원자력 발전소 주변 지역 지원금 더 받아야 한다고
발전소 추가 건설 중이니까 더 받아야 한다고
내 지역 우리 지역 더 달라고 싸움질이다
지역에 준 수십억 지원금도 아직 못 쓴다고
지역민들 혀를 차고 손가락질하고 난리다

군의회는 안건 상정을 놓고 눈치를 본다
우리 지역도 발전소 주변 지역에 포함되도록
발전소 주변 지역을 더 늘려야 한다고
원자력 발전소 때문에 피해보는 건
5km를 넘어서 6km도 10km도 마찬가지라고
지도에 자를 들이대고 계산기를 두들기며
우리 지역도 지원금 받아야 한다고 아우성이다

긴장을 풀지 않고
작업 조원들은

말없이

방사선 방호용 전면 마스크를 쓴다

방사능 시대 · 2011

2011년 3월 11일 14시 46분경
섬 일본을 뒤흔든 대지진 발생
선반 위 장난감 자동차들은 살아나
방바닥으로 떨어져 굴러가 처박히고
물에 젖은 스마트폰은 먹통이 되고
배터리 끼워진 둥근 벽시계는 구르다 멈추고
바퀴도 없는 큰 배는
논바닥으로 올라와 쓰러지고
상상을 사정없이 덮쳐버리는
시커먼 바다

땅 위에 사람도 집도 신작로도
쓰레기처럼 쓸려가 처박히고 갈라지고
지구 한 귀퉁이가 툭 툭 터져 나가는 것처럼
핵폭탄처럼 터져버린 후쿠시마 원전
질질 흘러나오는 방사능
태평양으로 아메리카 대륙으로 유럽으로

방사능 세계 지도가 그려지기 시작한다

다시 쓰나미가 몰려오는 날
현재보다 수백 배 수천 배의 방사능이
세계의 바다를 지구를 덮쳐버릴 날
언제가 될지는 아무도 모른다

후쿠시마 원전 노동자들이여

한낮의 태양빛처럼 가득
그대들의 몸뚱이를 파고드는 방사선
그대들의 가슴 앞에 차고 있는
방사선 피폭선량 측정기는 계속
알람 경고음을 울어대고
방사선 피폭은 소리 없이 조용하게 진행된다
방사능에 오염된 영혼은 측정할 수 없으니
영혼은 분리하여 되도록 멀리 두고
몸뚱이로만 방사선 작업에 착수하라
온몸으로 방사선을 막아내라
인간 승리의 안타까운 순간들을
온몸으로 느끼고 익혀야 한다

후쿠시마 원전 노동자들이여
그대들이 지금 저지르는 과오에 대해서
어느 누군가에게도 말해서는 안 된다
집의 마누라에게도 고백해서는 절대로 안 된다
그대들의 방사선 작업 철칙이다

방사능 오염 세척 샤워실에서 모두 잊어버려라

죽음의 방사선을 두렵다고 말할 수 없는

방사성 폐기물 드럼통에 영원히 묻힐지도 모르는

후쿠시마 원전 노동자들이여

거룩하여라!

더 이상 말하고 싶지 않다

여기서는 슬픔까지도 아직은 정겹다

멀쩡히 살아서도
공기 공급 호흡기를 입에 물고 씩씩거리며
방사선을 두들겨 맞아가며 살아가는 친구들
즐거운 잠자리마다 자꾸만 떠오른다는
방사능에 오염된 불안한 정사

오래된 친구들일수록 자신이 생겼다
그 생각들을 잊어버릴 자신이 생겼다

탈핵의 시학

맹문재

1.

채상근은 한국 시문학사에서 탈핵을 선구적으로 추구한 시인으로 평가될 것이다. 마땅히 평가받아야 할 것이다. 시인은 한국의 시인들 중에서 원자력 발전소의 문제를 가장 전면적이고도 구체적으로 작품화해 핵 문제를 부각시켰다. 원자력 발전소의 문제를 단순히 제재로 삼은 것이 아니라 무엇이 문제인가를 구체적으로 파악하고 그 위험성을 경고한 것이다. 그리하여 시인은 한국의 원자력 문제를 새롭게 인식하는 계기를 마련해준 것은 물론 앞으로의 대응책도 나름대로 제시했다고 볼 수 있다.

또한 시인은 원자력 발전소의 안전 문제는 물론이고 그곳에서 일하는 노동자들을 품었다. 반핵 운동이나 탈핵 운동을 주도하는 단체들은 방사능 누출 사고가 인류의 재앙을 가져온다는 사실에만 관심을 가지고 있는 데 비해 시인은 원자력 발전소에서 일하는 노동자들을 외면하지 않고 껴안은 것이다. 원자력 발전소의 노동자들은 생명과 건강을 담보로 삼고 국가의 전력 생산을 담당하고 있다. 방사선을 맞아가면서도 사명감을 가지고 자신의 직무에 최선을 다하고 있는 것이다. 따라서 그들을 사회적 차별 내지 사회적 불평등의 관점으로 인식하지는 않더라도 그들의 노고를 인정하고 그들이 처한 상황에 관심을 가질 필요가 있다. 그와 같은 자세를 가졌을 때 원자력 발전소를 안전성이나 경제성이나 과학기술의 차원에 국한시키지 않고 총체적으로 인식할 수 있는 것이다.

이와 같은 차원에서 시인이 원자력 발전소에서 작업하는 노동자들의 불안과 고통 등을 담은 것은 큰 의미를 갖는다. 한국 사회에 존재하는 노동자의 영역을 확대했을 뿐만 아니라 그들의 문제를 구체화시켰기 때문이다. 또한 원자력 발전소의 노동자에 대한 관심이 곧 원전의 안전을 확보하는 데 직접적으로 기여하는 것을 확인시켜주었기 때문이다. 아직까지 한국 사회에서는 원자력의 문제를 심각하게 인식하지 않고 있다. 체르노빌 원자력 발전소나 후쿠시마 원자력 발전소의 참사를 뉴스 보도를 통해 지켜보면서도 먼 나라의 이야기로 받아들이고 있는 것이다. 그리하여 대부분의 사람들은 원자력 발전소에서 일하는 노동자들의 상황에 대해서는 물론이고 원자력 발전소가 설치될 예정 지역의 주민들이 반대 집회를 열어도 관심을 보이지 않고 있다.

이와 같은 이유는 국내의 원자력 발전소에서 지금까지 대형 사고가 일어나지 않아서일 것이다. 그리하여 원자력과 관계된 안전 교육도 정보 공유도 사회적으로 이루어지지 않고 있다. 그렇기 때문에 원자력 발전소의 사고가 일어났을 경우 어떻게 대처해야 할지 몰라 그 참상은 이루 말할 수 없을 것이 분명하다. 실제로 "국내 원자로 23기가 고장으로 멈춘 시간은 총 5만 5,769시간 46분인 것으로 조사됐다. 23기 중 고장으로 가동이 중단되지 않았던 원자로는 한 개도 없다."[1]라는 사실에서 보듯이 한국의 원자력 발전소는 안전성에 문제가 있다. 따라서 면밀한 점검과 예방책이 마련되어야 하고 원자력에 대한 새로운 인식이 필요하다.

근래에 한 신문은 「원전 막으려면 전기 소비자인 시민들이 힘 보태줘야」라는 기사를 게재했다. 원불교 환경연대가 마련한 '탈핵 할매 토크 콘서트'에 출연하고자 한국을 찾은 사와무라 가즈요(80)와 미토 기요코(80)를 취재한 것이다. 38년간 탈핵 운동을 펼쳐온 사와무라는 1995년 한일 탈핵 교류를 시작한 이래 30여 차례 한국을 방문했고, 미토는 핵발전소의 건립을 멈추는 일만이 체르노빌 원자력 발전소 같은 대참사를 막을 수 있다며 탈핵 운동을 벌인 도쿄대학교 핵물리학자 미토 이와오 교수 부인으로 후쿠시마 원자력 발전소의 폭발에 충격을 받고 남편의 유지

---

1 김창훈 기자, 「원전 23기 고장 정지 시간 총합 6년 3개월」, 『한국일보』, 2014년 9월 15일.

를 받들고 있다. 시와무라는 현재 일본에는 54개의 핵발전소가 있는데 막아낸 것이 훨씬 많다며, 한국에서 핵발전소를 건설할 예정지의 주민들만으로는 힘이 부족하므로 서울 시민들이 힘을 보태야 한다고 구체적인 대응책까지 제시했다. 미래 세대가 살아갈 수 있도록 연대 활동으로 막아야 된다는 것이다. 그리고 "핵발전은 대기업의 돈벌이 수단일 뿐"이라며 "'방사능은 차별하지 않는다' 란 노래가 말하듯 재앙은 핵발전 추진자들에게도 덮칠 것"[2]이라고 경고했다.

원자력 발전소의 위험을 극복할 수 있는 방안은 이들의 말을 빌리지 않아도 모두 알고 있다. 이미 가동 중인 원자력 발전소의 안전을 강화하는 한편 더 이상 원전을 건설하지 않으면 되는 것이다. 그렇지만 한국 사회에는 그와 같은 추진이 아직 미흡하다. 따라서 좀 더 적극적으로 인식하고 실행하는 계기를 마련할 필요가 있는데, 채상근 시인의 시가 그 역할을 하는 것이다. 시인의 시는 원자력 발전이 얼마나 위험한지를 우리들에게 역사적으로 알려주고 있다.

2.

1986년 4월 26일 새벽 1시 23분 58초
체르노빌 원전 4호기 폭발

---

2 고영득, 「원전 막으려면 전기 소비자인 시민들이 힘 보태줘야」, 『경향신문』, 2015년 9월 7일.

붉은 옷을 입은 소방관들은
사명감으로 소방 호스를 메고 달려가고
갑자기 작전에 투입된 젊은 군인들은
소련의 아들 빛나는 영웅이 되고
멀리서 폭발하는 불빛을 바라보다가
영문도 모른 채 버스에 실려 키예프로
또 다른 낯선 도시로 흩어진
원전 계획도시 프리피야트 시민들은
다시 고향으로 돌아갈 수 없다

저녁 봄바람은 천천히 불고 있었고
방사능에 오염된 벨라루스 공화국은
오백여 개의 마을을 잃었다
술집마다 보드카는 동이 났다

소련 관영 타스통신은 2명 사망 보도
유피아이 로이터 연합은 2천 명 사망
사망자들은 핵폐기물을 매장하는
피로고프 마을에 묻혔다

— 「방사능 시대 · 1986」 전문

"1986년 4월 26일 새벽 1시 23분 58초/체르노빌 원전 4호기 폭발"이 일어났다. 소비에트 연방 우크라이나에 있는 체르노빌 원자력 발전소의 4호기 원자로가 비정상적인 핵반응으로 폭발한 것이다. 이 바람에 다량의 방사선 물질이 누출되어 국제 원자력 사고 중에서 최악의 참사로 기록되었다. 폭발 직후 "붉은 옷을 입은 소방관들은/사명감으로 소방 호스를 메고 달려가고/갑자기 작전에 투입된 젊은 군인들은/소련의 아들 빛나는 영웅이 되"어 화재의 진압을 시도했지만 쉽지 않았다. 물이 기화하여 주변이 증기로 가득 찼는데, 이 증기가 다른 물질과 반응해 가연성 물질로 변해 잔해를 폭발시킨 것이다. 그리하여 군용 헬리콥터가 동원되어 중성자를 흡수하기 위한 붕소 화합물이며 방사능 차폐를 위한 납과 모래, 진흙 등이 투하되었다. 그렇지만 그것마저 추가 폭발이 우려되어 중단되었고, 3호기의 액체 질소를 노심에 주입해 5월 9일이 되어서야 화재를 진압할 수 있었다.

그렇지만 화재 진압에 동원된 소방관들이나 군인들은 방사선에 피폭되어 대부분 사망했다. 사고 직후 원자력 발전소 직원과 소방대원 등을 포함해 "소련 관영 타스통신은 2명 사망"이라고 보도했지만, "유피아이 로이터 연합은 2천 명 사망"이라고 보도했다. 공식 보고에 따르면 25,000명이 사망했다.[3] 방사능 측정 장비나 방호 장비를 갖추지 않은 원자력 발전소의 근무자들이나 소방대원들은 피해를 막을 수 없었다. 뿐만 아니라 "멀리서 폭발하는 불빛을 바라보다가/영문도 모른 채 버스에 실려 키예프로/또 다른 낯선 도시로 흩어진/원전 계획도시 프리피야트 시민들은/다시 고향으로 돌아갈 수 없"게 되었다. 사고가 난 하루 뒤 원자력 발전소에서 가까운 프리피야트와 야노프역에서 살던

---

3 https://ko.wikipedia.org/wiki/%EC%B2%B4%EB%A5%B4%EB%85%B8%EB%B9%8C_%EC%9B%90%EC%9E%90%EB%A0%A5_%EB%B0%9C%EC%A0%84%EC%86%8C_%EC%82%AC%EA%B3%A0

주민들은 이주되었다. 그리고 나흘 뒤에는 사고 지역 주변 30km 이내의 주민들이, 5월 14일부터는 30km 이상 떨어진 지역 중에서 방사선 조사량이 기준치 이상인 곳에 거주하는 주민들이 이주되었다. 이렇게 소개된 주민은 "오백여 개의 마을"에 거주하는 11만 6천 명에 이르렀으며 가축도 6만 마리나 되었다.

그런데 사고 즉시 소련 정부가 사실을 공개하지 않고 은폐하는 바람에 스웨덴의 제기에 의해 전 세계에 알려지게 되었다. 사고가 발생한 날 아침 스웨덴의 포스막 원자력 발전소에서 방사능이 검출되었고, 그 이튿날에는 스칸디나비아 반도의 지역들과 덴마크에서 검출되었다. 이에 스웨덴 정부는 대기 상황을 고려해 방사능이 소련에서 날아온 것으로 보고 소련 정부에 해명을 요구했다. 그러자 소련은 정확한 사고 발생 시간과 피해 정도를 밝히지 않은 채 사실을 인정했다. 이에 갖가지 소문이 서방으로 퍼져 나갔고, 미국의 위성에 의해 손상된 원자로가 확인되면서 사고가 매우 심각한 규모라는 것이 알려지게 된 것이다. 소련 정부는 5월 6일에 이르러서야 사고를 보도하기 시작했고, 방사능 누출을 막는 작업을 하는 한편 방사능 오염 제거 작업에 들어갔다. 이 과정에서 엄청난 방사능 폐기물이 발생되어 30km 이내가 출입 금지 구역이 되었다.

1986년 8월 국제원자력기구(IAEA)는 소련 정부가 제공한 자료와 전문가들의 증언을 토대로 원자력 발전소의 구조적 결함이 사고의 결정적인 원인이라고 밝혔다. 사고 전까지 기술적인 문제로 원자로를 정지시킨 경우가 총 71번이 있었는데도 소련 정부는 세계에서 가장 안전하다고 홍보했던 것이다. 그 결과 체르노빌 원자력 발전소가 폭발해 원전이 얼마나 위험한지를 전 세계인들에게 여실하게 보여주었다. 그런데 원전의 참사는 체르노빌에서 끝나지 않았다.

2011년 3월 11일 14시 46분경
섬 일본을 뒤흔든 대지진 발생
선반 위 장난감 자동차들은 살아나
방바닥으로 떨어져 굴러가 처박히고
물에 젖은 스마트폰은 먹통이 되고
배터리 끼워진 둥근 벽시계는 구르다 멈추고
바퀴도 없는 큰 배는
논바닥으로 올라와 쓰러지고
상상을 사정없이 덮쳐버리는
시커먼 바다

땅 위에 사람도 집도 신작로도
쓰레기처럼 쓸려가 처박히고 갈라지고
지구 한 귀퉁이가 툭 툭 터져 나가는 것처럼
핵폭탄처럼 터져버린 후쿠시마 원전
질질 흘러나오는 방사능
태평양으로 아메리카 대륙으로 유럽으로
방사능 세계 지도가 그려지기 시작한다

다시 쓰나미가 몰려오는 날
현재보다 수백 배 수천 배의 방사능이

세계의 바다를 지구를 덮쳐버릴 날
언제가 될지는 아무도 모른다

                        ― 「방사능 시대 · 2011」 전문

"2011년 3월 11일 14시 46분경/섬 일본을 뒤흔든 대지진 발생"으로 인해 후쿠시마 원자력 발전소에서 대재앙이 일어났다. 태평양 해역에서 발생한 지진과 해일을 견디지 못하고 후쿠시마 원자력 발전소가 폭발한 것이다. 그리하여 "핵폭탄처럼 터져버린 후쿠시마 원전/질질 흘러나오는 방사능/태평양으로 아메리카 대륙으로 유럽으로" 번져갔다. 다량의 방사능 물질이 누출되어 대기, 토양, 바다, 지하수 등이 오염된 것이다.

일본 정부는 사고가 일어난 지역으로부터 반경 20km를 '경계 구역'으로 지정해 사람들의 출입을 금지시켰다. 또한 후쿠시마 원자력 발전소의 주변 지역 중 방사능이 많이 검출된 곳의 주민들을 피난시켰다. 미국을 비롯한 여러 나라들도 자국민의 방사능 피해를 막기 위해 도쿄를 떠날 것을 권유했다. 그리고 세계의 많은 국가들이 일본의 농수산물 수입을 금지하거나 품질 보증서 및 생산 가공지를 기록할 것을 요구했다.

전 세계는 후쿠시마 원자력 발전소의 사고에 큰 충격을 받았다. 일본 정부 역시 소련 정부와 마찬가지로 원자력 발전소의 폭발을 은폐하고 축소했지만 세계 각국은 심각하게 받아들였다. 지진과 해일에 따른 사고라고 할지라도 세계 최고의 기술 수준을 보유하고 있다고 인정해온 일본이 원전의 폭발 앞에서 대책 없이 무너지는 모습을 보면서 공포감을 가진 것이다. 그리하여 체르노빌 원자력 발전소의 사고 이후 원전의 안정성이 절대적으로 확보되었다고 믿어왔는데, 그렇지 않다는 사실에 원자력 발전소의 증설 정책을 재고하는 것은 물론 원전 자체에 대해 새롭게 인식하기 시작했다.

3.

관광버스와 수학여행단은
원자력 전시관 앞에서 기웃거리지 않아도
대환영과 융숭한 대접을 받는다
그들의 품에 안겨주는
원자력 발전소 홍보용 책자와 방문 기념품들은
그들이 두려워하던 핵폭탄과 원자력 발전소에 대한
의문과 질문을 가로막기에 충분하다
원자력 발전소만 잘 돌려주면
깨끗한 에너지 원자력과 함께
평생을 안심하고 살 수 있으리라는
땃땃한 기대와 희망을 가득 싣고
씽 씽 돌아들 간다

여기선 침묵이 최선의 방호다
에어록은 슬그머니 열리고
작업 조원들을 맞이하는
방사능에 오염되어 방사 분해된

쉰 공기들

— 「방사능 시대 · 1995」 전문

"관광버스와 수학여행단"이 "원자력 전시관"에 방문하면 "대환영과 융숭한 대접을 받는다". 원자력 발전소의 관계자들은 자사가 추진하는 사업을 방문자들에게 적극적으로 홍보할 수 있기 때문이다. 그리하여 그들은 방문자들에게 "원자력 발전소 홍보용 책자와 방문 기념품들"을 나누어주며 원전의 안전성이며 청정함을 홍보한다. 사람들이 "두려워하던 핵폭탄과 원자력 발전소에 대한/의문과 질문을 가로막"는 것이다.

원자력 발전소가 안전하다는 그들의 주장은 체르노빌 원자력 발전소나 후쿠시마 원자력 발전소의 참사에서 증명되듯이 허구이다. 원자력 발전소는 원자핵의 안전성에 도전해서 방대한 에너지를 얻고 있으므로 그 자체가 위험하다. 원자핵을 불안전하게 만들면 화학물질보다 엄청난 에너지가 발생하는데, 동시에 인체에 치명적인 영향을 끼치는 방사능도 방출된다. 원자력 발전소는 핵에너지를 생산하는 과정에서 다량의 그 방사선을 원자로에 축적해놓고 가동할 수밖에 없다. 따라서 시스템에 문제가 생기면 축척되어 있는 방사능이 방출되어 대재앙이 일어나는 것이다. 원자력 발전소는 어디까지나 수많은 밸브와 배관 등으로 조립된 기계이므로 언제든지 사고가 일어날 수 있다. 기계를 만들고 가동시키는 것은 신이 아니라 인간이기에 더욱 그러하다. 또한 천재지변에 의해서도 일어날 수 있다.

체르노빌 원자력 발전소의 사고가 30년이 되었는데도 처리가 끝나지 않고 있는데서 보듯이 원전 사고의 피해는 상상을 초월한다. 피폭당한 사람들은 비참하게 죽음을 맞이했는데, 유족들조차 다가갈 수 없기에 죽어서도 고통을 겪고 있다. 또한 사고 처리에 사용된 수많은 차량들과 헬리콥터도 버려진 채 방사능 묘지로 남아 있다. 자국 곡물의 40%나 공급하던 곡창지대가 시간조차 사라진 폐허의 땅으로 변해 있는 것이다.

원자력 발전소의 관계자가 홍보하는 "원자력 발전소만 잘 돌려주면/깨끗한 에너지 원자력"을 얻을 수 있다는 사실 역시 허구이다. 원자력이 곧 청정한 에너지라는 주장은 꾸며낸 신화에 불과하다. 이와 같은 주장은 석유 중심의 화석연료 사용이 이산화탄소를 배출시켜 지구 온난화의 원인이 되므로 원자력이 그 해결책이 될 수 있다는 전제에서 제기되었다. 그렇지만 이산화탄소의 배출은 산업 부문, 운수 부문, 민생 부문에서 큰 것이지 발전소와 같은 에너지 전환 부문에서는 미소하다. 따라서 원자력 발전소의 증설로 이산화탄소의 배출량을 줄일 수 있다는 주장은 근거가 약하다. 오히려 전력 소비를 조장시켜 이산화탄소의 배출량을 늘릴 것이다.

"원자력 발전소만 잘 돌려주면" "평생을 안심하고 살 수 있으리라는" 기대 또한 사실과 다르다. 원자력의 추구에는 에너지 고갈에 대한 불안감이 반영되어 있다. 화석연료의 고갈은 시기의 문제일 뿐 기정사실이기 때문에 미래의 에너지를 개발할 필요가 있는데, 원자력이 그 대안이라는 것이다. 그렇지만 원자력은 무(無)에서 에너지를 생성하는 것이 아니라 우라늄이라는 연료에서 핵분열을 시키는 것이다. 핵분열로 인한 높은 열로 물을 끓여 전기를 만드는 것이므로 원리 차원으로 보면 화력 발전과 다르지 않다. 따라서 우라늄이 존재하지 않으면 원자력 발전소의 가동은 불가능하다. 이와 같은 차원에서 보면 원자력이 미래의 에너지라는 주장은 설득력이 없다. 우라늄의 실제 매장량이 석유나 석탄보다 적기 때문이다. 따라서 원자력의 청정성이나 미래 에너지라는 신화를 내세우기보다는 원자력의 위험성을 인정하고 근본적인 대책을 마련하는 일이 필요한 것이다.

> 여기서는 공기 공급 호흡기를 착용하라
> 가슴 부위와 성기는 납 차폐복을 착용하여
> 우리를 죽이는 방사선을 방호하라
> 방사선 준위가 높은 작업장에서는
> 절대로 말을 꺼내놓지 마라
> 할당받은 시간 동안만 작업을 하고
> 미련일랑 두지 말고
> 빨리 작업장을 떠나라
> 방사선 감시 측정기에서 경고 알람이 울리면
> 납 차폐벽을 설치하고 콘크리트 문을 닫고
> 방사선 고준위 경고판을 부착하라
> 다음 작업자는
> 작업 예행연습을 철저히 하고
> 방사선 방호에 만반의 준비를 하라
>
> ——「방사능에 오염된 시」부분

"방사능"이라는 말은 '방사선을 내는 능력 또는 성질'의 의미를 갖지만 실제로는 '방사선 물질'을 나타내는 말로 많이 쓰인다. 그런데 "방사능"은 눈으로 볼 수도 없고 냄새를 맡을 수도 없다. 손으로 만질 수도 없다. 그렇지만 호흡과 음식 섭취를 통해 생명체의 몸 안으로 들어오면 세포를 공격한다. "각 세포가 특별한 세포로서 기능이 분화됩니다. 이러한 세포 분열 끝에 인간은 성인을 형성하는 약 60조 개의 세포가 있는 것입니다. (중략) 방사선에 피폭된다는 것은 이러한 신기로 이루어진 우리 유전 정보가 절단되어서 유전자 이상(異常)을 불러일으키는 것을 의미합니다. (중략) DNA가 서로를 끌어당기는 몇 전자볼트 에너지에 비해 방사선이 가진 에너지는 수십만에서 수백만 배나 커서 '생명 정보'가 갈기갈기 찢어버렸기 때문입니다."[4]

따라서 원자력 발전소에서 작업하는 노동자는 "공기 공급 호흡기를 착용하"고 "가슴 부위와 성기는 납 차폐복을 착용"해서 "우리를 죽이는 방사선을 방호"해야 한다. 또한 "방사선 준위가 높은 작업장에서는/절대로 말을 꺼내놓지" 말고, "할당받은 시간 동안만 작업을 하"는 것도 필요하다. "방사선 감시 측정기에서 경고 알람이 울리면/납 차폐벽을 설치하고 콘크리트 문을 닫고/방사선 고준위 경고판을 부착하"는 것도 필수이다. 원자력 발전의 기술을 무조건 믿거나 막연한 자신감을 갖기보다는 "방

---

4 고이데 히로아키(小出裕章), 고노 다이스케(功能大輔) 옮김, 『원자력의 거짓말』, 녹색평론사, 2012, 61~70쪽.

사선 방호에 만반의 준비를 하"는 자세가 필요한 것이다.

4.

원자력 산업은 핵무기의 개발을 위한 기술을 상업적으로 이용하는 방향으로 추진되었다. 원자력은 미국이 일본의 히로시마와 나가사키에 투하시킨 원자폭탄과 소련의 원자탄 개발에서 볼 수 있듯이 군사적인 목적으로 개발되었지만, 핵무기의 개발에 가담한 자들은 상업적으로 이용하면 이득을 챙길 수 있다는 사실을 알았다. "1953년 12월 8일 유엔 총회에서 아이젠하워 대통령은 유엔 연설, 즉 그 유명한 〈아톰즈 포 피스(Atoms for Peace)〉를 발표했다. (중략) 핵의 군사 이용이나 확산을 억제하기 위해서 미국 또는 미·소가 함께 주체가 되어서 상업 이용으로 눈을 돌리게 했던 것이다. (중략) 새로운 물리학이나 과학기술을 써먹겠다는 사람들의 바람 같은 것을 따르기는 했지만, 애당초 원자력의 상업 이용은 커다란 정치적 목적을 가지고 '위로부터' 도입되었던 것이다. (중략) 이 배경에는 국가 권력과 산업자본보다는 금융자본이 작용했으며, 국제적인 흐름도 강하게 작용했던 것이다."[5] 이와 같은 사실의 결과, 현대 자본주의 체제에서 살아가는 사람들은 자신의 의지와 상관없이 원자력의 영향력을

---

5   다카기 진자부로(高木仁三郎), 김원식 옮김, 『원자력 신화로부터의 해방』,
    녹색평론사, 2011, 52~55쪽.

받고 있는 것이다.

> 청춘 남녀의 애달픈 사랑인가
> 붉게 타오르는 빛이 보이지도 않고
> 페로몬 향이 나는 사랑의 냄새도 없는 것이
> 몸과 마음 깊숙이 파고들어
> 사랑하는 이의 속을 활활 태워버리고는
> 천년이 지나 발견된 미라에도
> 끝내 이루지 못한 사랑으로
> 고스란히 남아 있을
> 지독한 사랑의 흔적 같은
> 방사능
>
> — 「방사능 시대 · 2000」 전문

"방사능"은 "빛이 보이지도 않고" "냄새도 없"다. 그렇지만 "몸과 마음 깊숙이 파고들어" "속을 활활 태워버리고는/천년이 지나 발견된 미라에도" "고스란히 남아 있을" 것이다. 마치 "지독한 사랑의 흔적 같은" 것이다. 이처럼 자본주의 체제에 살아가는 사람들은 자신의 몸에 방사능이 스며드는 환경에, 즉 "방사능 시대"에 놓여 있다.

체르노빌 원자력 발전소나 후쿠시마 원자력 발전소의 폭발에서 보았듯이 원전 사고는 대재앙을 가져온다. 아주 광범위한 지역에서 생명체들이 피해를 입을 뿐만 아니라 아주 오랜 시간 동안 고통을 겪는다. 그런데도 정부와 원전 관계자들은 안전 신화를 계속 내세운다. 그들의 주장은 원자력 발전소가 건설되는 지역이 예외 없이 대도시로부터 떨어진 곳이라는 사실에서 허위임이 드러난다. 그들의 주장대로 원자력 발전소가 전혀 위험하지 않다면 전력 소비가 많은 대도시에 세우는 것이 마땅할 텐데, 세계의 어느 나라에서도 볼 수 없는 것이다.

따라서 원자력 발전에 대한 재인식이 필요하다. 우선 원자력이 무한한 에너지라는 착각에서 벗어나야 한다. 에너지는 형태를 바꾸거나 다른 곳으로 전달될 뿐 생성되거나 소멸되지 않고 총량이 일정하다는 에너지 보존 법칙(열역학 제1법칙)에 따라 무(無)에서 창조될 수 없듯이 원자력은 무에서 유를 만들어내는 것이 아니다. 단지 우라늄의 에너지를 핵에너지의 형태로 변환시킬 뿐이다. 그러므로 원자력은 석유나 석탄 같은 화석연료의 위기를 극복할 수 없는 것이다.

세계의 선진국은 우라늄 매장량의 한계, 안전사고에 대한 공포, 방사성 폐기물 처리의 어려움, 막대한 설비 투자와 기술 개발에 비해 부족한 경제성 등을 이유로 원자력 발전소의 건설을 포기하는 추세이다. 유럽의 원자력을 주도해온 프랑스는 물론이고 미국, 독일, 핀란드, 이탈리아 등이 원자력 발전의 계획을 축소하거나 동결하고 있다. 이와 같은 세계적인 추세를 한국 사회도 인지할 필요가 있는데, 채상근 시인이 그 역할을 선구적으로 담당하고 있다. 원자력 발전소의 위험과 전망을 원전의 역사와 배경은 물론 그곳에서 생명과 건강을 담보로 삼고 일하는 노동자들의 상황을 토대로 제시하고 있는 것이다. 결국 "악의 선을 뿜어내는 방사능에/인간은 아무런 방어를 할 수 없다는/사실을"(「방사능 시대 · 2002」) 우리에게 전하며 안전하고 평화로운 세계를 추구하고 있는 것이다.

孟文在 ┃ 시인 · 안양대 교수

푸른사상 시선 59
사람이나 꽃이나